あなたに会えてよかった

YANAGI Senshu
柳 泉舟

文芸社

素敵な出会いは
私の財産であり、宝物である
そんな大それたことはできないが
一歩一歩たしかに歩いて行きたい
たった　一度の人生だから

あなたに会えてよかった　目次

あなたに会えてよかった

約束の時間だ
ボォン♪
ボォン
ボォン

外は
さむい

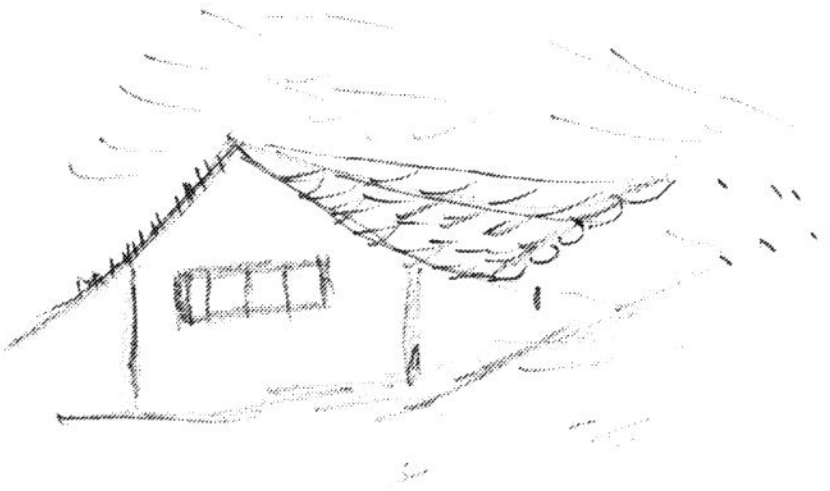

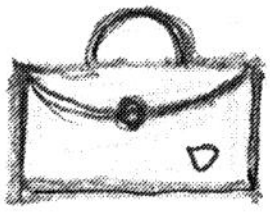

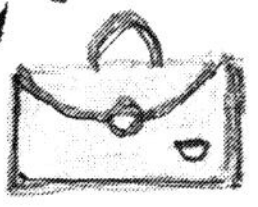

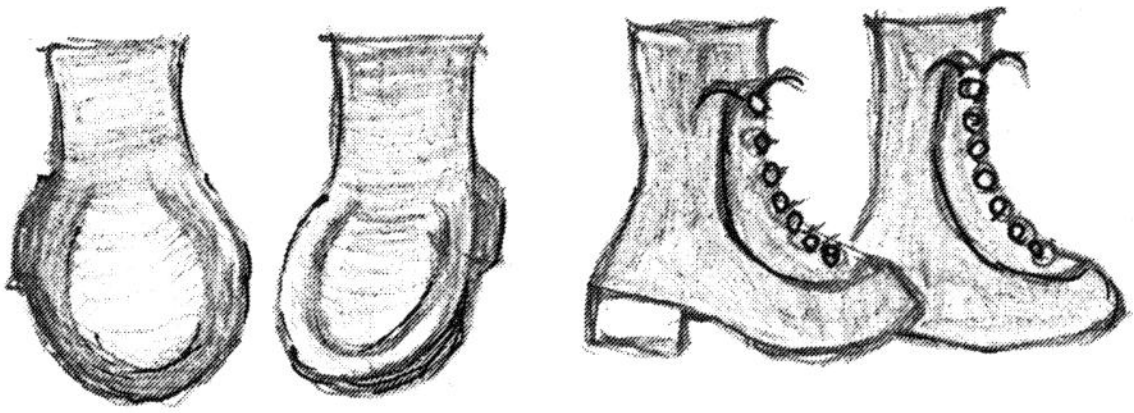

雪が降って
いる
頑張ら
なくちゃ

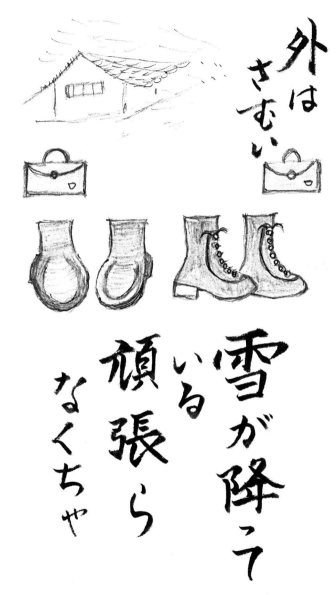

はじめまして

素敵な出会いは私の財産であり、宝物である。

私は作家でもない。俳人でもない。一介の平凡な主婦である。

しかし、保険の勧誘という営業の仕事の中で、私は家庭の主婦だけでは味わえないたくさんの出会いを作らせていただいた。

ほんのささやかな出会い……次第に大きく、大きくふくらんで私のかけがえのない宝物となっていく。一つ一つの出会いが、キラキラ輝いてダイヤモンドの様相を見せていくのが楽しく、私は心に思うままに稚拙な筆を執った。

この本は、私の感謝の心……私とあなたとの心のアルバム。いつまでも、いつまでも大切にしたい。

この本を、読んでくださるあなたと、私はまた新しい出会いの予感に、心浮き浮きしています。すばらしい出会いをありがとう。私と逢って頂いたすべての方に感謝を込めて…

…こんにちは！　菊次です。お元気ですか！

親切な人

旭屋は、うなぎ飯を食べさせる食堂である。紀子さんはここで働いている。以前は店のお手伝い程度であったが、今は、おじさんが入院のため、毎日が多忙。おじさんは、うなぎを焼くのは勿論のこと、料理万端一人で旭屋の仕事を受け持っていた。そのおじさんが、最近、病気で入院したので紀子さんは急に忙しくなった。まして団体客が入れば段取りの準備も手伝う。そして注文の出前があれば出前もし、からも取りに行く。お母様のめんどうをみて、おじさんの面会も時間をみては洗たく物を取りに行く。大変ね、と声をかけると、

「いや、そんなことないですよ」

と自然に笑みがこぼれる。そんなやさしくて、親切な紀子さんは、ある会合の青年部長を務め、夜になると、会合に出かけるときもある。人望の厚い方でもある。

そんな親切な人は以前より少なくなってきているように思う。けっこう自分のことばか

り考えて生きている人と語ると話題が少なく味がない。そんな思いをして心の中で議論をしてみる。

親切な人ほど、相手への思いやりも深く、心温まる。言葉使いにしても、物で買えない、やさしさが心に残る。

その反面、言葉は足りなくて、平気できずつけていることさえ気づかない人も多い世の中、人の悩みもきかされることが多い。

昔勤めていた会社の部長をよく思い出す。

「きみ、この書類は不親切ですね」

人が書いているのをみても、

「これ不親切ですね。こんな言葉をつけ加えると親切になりますがね」

とよく聞かされた。「なぜ、そんなことを……」文章に、心がないことを教えて頂いたような物である。今考えてみると、あの時の親切とは何だったのかがこの十年たってやっとわかったような気がする。紀子さんとのつきあいも、もう五年になる。すてきな女性にご縁を頂いたものである。話をすればするほど、勉強になり心の糧になる。

ある日のこと、店番をしている紀子さんの座っている横に、ピーピピとファックスの音がした。印字が流れてきた。関西、東北、鹿児島といった遠方よりのファックスも多い。注文書が送られてくる。それが日付順に黒板に貼られてある。誰がみても一目瞭然である。わかりやすく書類にもまちがいがない。安心をしてみていられる。又、数字のまちがいほど、こわいものはない。

シーズンになれば、注文のつぎつぎとくる店の明るさと活気を感じながら、次の世代はこの紀子さんが「のれん」をつぐかもしれないと思って、この場をあとにした。

柳川の土用うなぎのもてなしを
柳川の旅人となりしうなぎ飯

梅の花

寒い日が続いている。こたつの中から出たくない。電話のベルが鳴った。

「はい、もしもし」

友人からの電話である。

「あのね、前田さんが、保険の事で、用事があると言ってあるので、電話入れたら」

という親切な電話であった。電話番号をきき、ダイヤルすると、

「はい、前田です」

きれいな声である。

「今度、主人が、ガンで亡くなったので、少し不安になってね」

「保障はどのくらい」

「少しだけよ」

と言って、

「いつか、こちらに来てくれない」

「いつがよろしいですか」

と聞くと、

「一月二十六日が都合がいいよ」

自分の都合にあわせるわけにはいかないので、

「はいわかりました。でもね、一月二十一日にしてくれない」

「そうね、どうして」

「今ね、キャンペーン月の締めきりが、一月二十五日なのよ」

「そおー」

と言って、カレンダーを見ている様子である。

「じゃ、貴方の言う一月二十一日でいいですよ」

という返事。あと一本契約がほしいと思っていたところでの電話見込であったので嬉しかった。時間と場所をくわしく聞き、次の予定をくりあげて、電話はきれた。

約束当日は、明日、雪が降りそうな、とても寒い日であった。夕食の準備だけは、きちんとして、夕方の六時に出かけた。夜はずいぶんと冷えるため、少しは着こんでいたものの、それでも尚、電車を待っているホームは寒かった。柳川から二日市まで特急電車に乗り、二日市で下車、それより、太宰府行きに乗りかえ、五条まで行き、駅を降りた。手土産を一つ、地図どおりに十分ほど、店の明りをたよりに歩いた。そして、前田さんの家に着いた時は八時前であった。そんな中、玄関のベルを鳴らす。

「ハイ……」

廊下よりの足音がした。

「こんばんは、おそくなりました」

と言って、応接室に通され、仏間の明りがついていた。仏間で手を合わせ、接待をして頂くお茶をのみながら、しばらく、暖房のきいてくるのに心をおちつかせた。

設計書をさし出し、保障の話、それに掛け金の前納、など詳細を説明し、納得頂き、契約日と、診査日を決めさせて頂いた。

「ごはん食べて来たね」

「いや、食べるひまがなく、あなたのところにとんで来たからね」

「いや、私も、まだ食事していないから、一緒に食べようや」

「そうね」

と言い、広げていた設計書や資料をかたづけていると、台所で焼肉の準備をしてあった。一人暮らしのさみしさより、楽しんで生活をしてある様子が伺え、ほほえましくなった。

「もうできたわよ」

「早いのねェ」

と言って、皿には焼肉、それに二、三の煮物と野菜が揃った。ごはんは炊きたてのおいしいごはんであった。それに、つけものも、手作りでこしょうがきいている。一時間ほど、ゆっくり、夕食を楽しく、笑いながらいろんな話をきいた。誰に遠慮もなくごちそうになったものであった。

そして、電車の通る音をききながら、帰りの電車の時間表をみた。帰りには次の一月二十四日には現金の準備と診査をお願いして、九時過ぎの電車に決めた。そして玄関には、梅の花が咲いていた。

「今夜は、よく冷えますね」

「大変、お世話になりました」

と言ってコートを着て、少しだけ見送りを頂きながら、電車駅の明りの方へ心を走らせた。

玄関を明るく梅の花匂ふ
雪の舞ふ　明日は積もるかもしれぬ

行商

　スーパーやデパートがふえ始めてきたため、行商が以前より少なくなった。そんなある日、バイクに魚を積んで行商をしている弘子さんの姿をみたのは今から四年ほど前である。

「何している」

と言って車を止め、しばらく話をしたのが再会であった。振りかえってみればお互い年月がたっている。弘子さんは苦労があったようで一人暮らし、でも元気で魚を一軒一軒売っている。そんな話の中、

「私ね、第百生命に勤めて頑張っているよ」

と言うと、いや、私、第百生命保険を掛けているよ、もう三年になるけれど、と言う。いや、私が近いから来てもいいよと言いながら返事をした。二、三ヶ月して私の集金扱いにした。それより転換、今も月に一回集金に出かけていく。丁度、通勤の通り路。しかし、魚の残っている時などは、机の上にメモがある。その時は電話を入れ、連絡をつけるのだ

が、ほとんど魚は売りつくす。たまには、私も買い物をする。弘子さんの所でお茶を頂くこともしばしばある。そんな中、たまには夕食の魚のテンプラを頂いて来たり、サシミを頂いたり、それはよきもてなしの一品でもある。

「ごめん下さい」

「あんた、よく、テンプラをしている時に来るね」

と笑いながらの会話をする。夕食の準備には大助かりである。

「テンプラをみやげに残暑つづきけり」

「新茶の香頂きつかれとれにけり」

といった句を声を出して言うと、

「あんた、おもしろいね。いつから俳句やっとんの！」

と言って笑いに花が咲く。そうね、もう二十年はすぎてるのよ、若い時は、あちこちらへ大会などに行って作っていたからね。今でこそ余り作らないが、そんな弘子さんと会話をする、そしてお茶を頂く、なんともいえない、心のつきあいができる。そして、一番おいしいお茶を何度も入れかえてくれる人である。本当にありがたいと思う。そんな午下《ひる》がりのみちをあとにする。

行商の友へ残暑のありにけり

早春の野点に心あたたまる

あなたに会えてよかった

セールスを始めてやっと三年がすぎた。キャンペーン月の土曜も同じ時刻に会社に着く。机の中に一冊のセールスマンの本、「セールス女性は天才だ」を読む。読む時間によって心にいろいろと違って受けとれる。よく参考になり、今日は契約の約束がある。十一時に待ち合わせ、でも訪問は二回目、初回は奥様、今日はご主人と契約の話、緊張している。その本をさらりと読みあげ、その気になり十時過ぎにエンジンをかけ出かけた。奥様の仕事場で住所をきき、初めて通る二〇九号線、わかったような地図で道を迷う。とうとう、行き過ぎて、お店で聞く。電話確認をしてやっとたどりついた。玄関の表札を見て安堵した。ピンポンと呼鈴を鳴らすと、中から、ご主人の声がした。明るく大きな声で玄関をあがり、居間にとおされた。名刺をさし出し、明るく挨拶を交わす。世間話をしばらく、庭には、ゴルフのボールがころがり、ネットが張ってある。契約について簡単に説明した。のち、クロージング、申しこみ書とペンをさし出し、書いて頂いた。すると十二時を回っている。奥様が昼食の準備で帰宅された。

「カレーライスでよかったら食べない」

と声をかけられ、

「いや、けっこうです」

と断りはしたものの、人の好意は素直に受けるべきだと思った。そして、

「カレーライス、おいしいのよ」

と言って皿につがれているカレーライスは、私が作るカレーライスに似ていた。

昼食は遠慮なくごちそうになり、お礼を述べて玄関をあとにした。

自宅で疲れた体をこたつの中で休めていると、電話のベルが鳴った。しぶしぶ電話をとると明るい友人の声である。

「あと十分待って下さい」

と言って家を出た。それより友人のところで仕事の話。お茶を頂いているうちに少しずつ疲れがとれた。

帰宅するころは日も暮れかかっていた。

玄関のピンポンが鳴った。こんな時間に来る人はいないと思って返事をしなかった。又

鳴った。

「こんばんは」

と言って玄関の戸をあけてはいって来た。

「読売新聞の切り替えに来ました。来年の一月で契約がきれます」

と言って、女性のセールス、初対面である。座って話をしている内にこの人が好きになった。彼女のご主人が病気で入院しているそうだ。三時間ほどしか眠っていないそうだ。髪は今の流行、バサーッとした長い髪からの目はくるりと疲れていた。昨日は遠方に行き、今日は馴れない所を回っている彼女の日課は、朝四時に起きて、新聞を配り終えるのは七時、それから、帰宅して子供を学校に送り出す。家事を少し、病院へ洗たくものをとりに行き、十一時に営業所に出社、それより、拡張に回る。一旦決めた目標は夜おそくなってもやり上げる。朝回って留守のところは又回り直す。そうすることによって結果は出る。今、九時すぎている。九件は今から訪問する。彼女の貴重な時間をうばったことが気の毒に思えた。でも彼女も満足そうに私の話を聞いてくれた。採用の話。でも今満足そうにしている彼女につけ加えることはしなかった。もう一度時間が許してくれれば、会ってこの話の続きをしたいと思った。

又、一生懸命仕事をしている彼女に、

「ご苦労様、気をつけて」

車のライトの遠くなるまで見送った。

この世の中、何かを学び、懸命に働いている姿はまさに美しい。玄関の光の中で厚化粧の広く光った肌の中に、彼女の生きざまをかいまみたように思う。

お互いセールスレディーは競争しているのです。次元の高い彼女は私より二才年上であった。

今日一日で疲れていた私に、もう一度新たなセールスの学びをさせて頂いたように思う。

もっと、自分にきびしく次元の高い明るいセールスレディーを目指そうと思い、床についたのははるか十二時をすぎていた。

約束の日の曼珠沙華燃えてゐし
秋に入るゴルフの練習してをりし

子供たち

本棚を整理していると、八年前にさわらび雑誌に掲載されていた本の一ページを開いてみた。「詩吟の子供とともに」である。なつかしい限りである。読みかえしていると、子供たちの成長とかかわりあいを続けさせて頂いてよかったと思った。又、その当時の子供たちは皆小学生だったが、今は社会人、大学に進んでいる。そんな成長を少しだけ書いてみた。

「詩吟の子供とともに」

それは青春時代であった。近所のつきあいも手伝って今は亡き、森田水京子先生のおさそいを受け、俳句を楽しむこともできた。もう十年は過ぎたでありましょうか。詩吟をやっているかたわらなのでいっこうに上達もしない。もっぱら暇な時に句会の案内のハガキを見ては会場へ出かけて行く。たまに同人の諸先生の特選にとって頂くと、すごく嬉しく感激をする。もっと勉強しなくてはと思う。句会が終わる。帰宅するころにはその心は少しうすれてしまう。そして一日が終わり、忘れてしまう。

吟詠の教本には、松尾芭蕉の

「古池や蛙飛びこむ水の音」

正岡子規の

「柿くへば鐘が鳴るなり法隆寺」

といった名句がたくさんのっていて親しみを覚える。私のところには一才五ヶ月の子供と、音感の良い詩吟の子供十五人がいる。そこで詩吟の練習のあいまに月一回の俳句会を開いている。最初は五、七、五、の言葉をあつめ、指をゆっくり折りながら、五句をやっと作っていく。短冊に書く、要領から正記、選句といった順に行う。又選句は個人個人が自分の選をした句を大きな声で、披講をする。その中で、自分の句が出れば「貴子、ユリ、広美」といった大きな声が部屋中に響く。その調子で順番が進む、回を重ねるごとに少しずつ馴れ、季節感を言葉に走らせると、おもしろい句や、楽しい句、うれしい句といった生活の句をいっぱいに作る。一時間足らずの時間に何かを求め純粋な気持ちと満足感のような笑顔が座敷いっぱいに広がる。みんなも楽しい、私も楽しい、ああこれでいいのかなアと反省をし、次を楽しみにする。

そして、毎月一回ホトトギス誌が届く。ホトトギス子供俳句の指導を受けている。子供の句を一番最初に見る。それも最初のページよりめくり、子供の句がそれぞれにのっているだろうかと確認をする。のっていればほっとする。次の練習の時にみんなにご披露をする。子供たちは、自分の作った句が活字になっていることを一番の楽しみにしているようである。

大人になって行く過程において、俳句をやっていて良かったと言える子供が一人でもいるなら、私は今の時間を大切にして、続けて行きたいと思っている。子供たちの成長の証を。詩吟の子供とともに吟じあえる友でありたいと心あらたにしました。

とあった。

それから随分な歳月が過ぎ去ろうとしている。

春一番が吹いている夕方、とても寒い日であった。玄関の灯りをつけると、

「ごめん下さい」

　男性の声である。

「はい」

と言って、出てみると、詩吟を教えている子供の父母である。

「いや、こんばんは」

　一瞬何ごとだろうかと思い
「どうぞ」

と洋間に通した。椅子にかけるやいなや、

「今度Uが、久留米のBSに就職が決まりました」

との報告であった。

「それは、よかったですね」

　とても喜んだものである。

「それがですね、車の免許もとったことだし、車に乗る機会も増えあぶないので、保険に入れておかないと」

と言われ、このお父さんは立派だなあと思った。保険の話を一度もしたことがないだけに、とてもとまどいを覚えた。

そのころ、会社が余りおもしろくなかった。ある企業の会長よりスカウトされていたのも一つの理由であった。

今の会社より、もっと自分を可能性にみちびいてくれるすばらしい人だけに、新たな挑戦をしたい気持ちになり、大きな夢をえがいていた。

会社をやめたい。明日にでもやめたい。保険の話をきくだけでも、頭をいためた。毎日、悩んで悶々としていた。今までに、契約を頂く時は
「長く勤めますから」「頑張って行きますから」

とか言ってきている。何か申し訳ないような気がしていた。反面、いつ辞表を出そうかと悩んだ日々が長かった。そんな心のとまどいの中、私はいつもの笑顔で接した。コーヒーを入れ、お父さんのお話をしばらくきいて、帰られる時はとても冷えこんでいた。

保険の仕事は、一生懸命回ってもとれない日々が続くのに、自分の方から声をかけて来て下さる方があるということ、自分はまだみすてられたものでなく、もし、この方との出会いがなかったならばそのまま保険会社から身を引いていたかもしれないということが脳裏をかすめた。その夜、一日、もう一ぺん考え方を直した。物事はよい方に考えるべきだ。

前向きに考え始めると、今まで深刻に考えていたことがうそのように、とるに足らないことに思えてならなかった。そんな心の落ちこんでいた私は、Uさんのお父さんに励まされたようなものである。

次の日、エンドレスの契約は簡単にできた。

それから、三月も半ばを過ぎた吉日であった。家族に招待を頂いた。Uさんの自宅へ出かけて行く。大学の卒業祝いと三人姉妹の吟詠（青年部）で上位入賞、そんな二重のお祝いであった。六時過ぎである。座敷には、手作りの鉢盛りと、酒ビールのもてなしの夕食であった。楽しい会話、卒業式に参列されたご夫婦の話に花が咲き、

「うちのUが答辞を読んで、とてもよかった」

と何回も話され、講堂での卒業式の情景を手に取るように説明された。又とないよき日をビデオでも取ってあればよかったのにと思わずにおれなかった。

お酒を頂きながらの話は楽しくなごやかであった。又、吟詠でも、舞台マナーもよくきれいな声もマイクにはいっていたことをきけば、とてもすばらしかったのではないかと想像はついた。自分の子供でないような感じがしましたと言われた。

「おめでとう」

良かったわね。にこにこしているUさんをほめた。

「詩吟のおかげです」

と言われた。

「いや、会長先生のおかげですよ」

と言った。私も、すばらしい会長先生に恵まれ、又、お互いにいいご縁を頂いたことに感謝をしたものである。そして、お酒もおいしくいただけた。そうしているうちに十時を過ぎていた。

家に着くには五分もからない隣である。しばらく、お茶を飲みながら、楽しく過ごさせて頂いた日々、詩吟の子供、それぞれにお互いに成長できたことを思った。いい証しを一つ一つ残してくれている。

子供たちとのかかわりの中で、私も、たくさんの勇気と励みを頂いているように思う。そして、今は、心から吟じあえるまでに成長してくれていることに感謝をした。

答辞読む　心残して卒業す

卒業の祝いの席にもてなされ

洋　裁

大川橋に近い一ツ木には、筑後川の風が吹いて来る涼しさがある。彼女はそこにとついで来て十五年になる。姑のめんどうも長く、看取った今では、四人暮らしのご主人は役所勤め、好子さんは、独身時代から、洋裁一筋の働きものである。好子さんと知り会ったのは、妹の紹介である。好子さんのお宅は、網戸の時は、すぐに玄関に入ることができる。

「こんにちは」

「どうぞ」

居間の涼しい座布団に腰を下ろす。

「お茶がいい、コーヒーがいい」

と聞かれる。

「お茶でいいよ」

するとお茶とお菓子がテーブルに出される。

「あのね、今度、第百生命のお勉強に行くようになったのよ」

「第百、いや、第百生命の貯蓄に掛けていたよ。洋裁勤めの時は、社長のすすめもあって貯蓄はしていたから知っているけれど」

「仕事をするようになったら、貴方に一本加入するから」

と言われ、よかったと思った。まだ勉強していないが、ある程度の市場や金利の面も、前の仕事が役に立ち、少しの話とパンフレットを読むだけで理解できた。

一生懸命勉強して、そのあと一番に来るからとアポをとっていた。

一ヶ月が過ぎ、最初のお客様であり、特約店、貯蓄を契約して頂き、嬉しかった。それからあらゆる商品の説明をしては契約を頂いている。又、親戚にも、日本生命に行っている人がある話を聞いてはいたが、それはそれとして、第百生命のファンであり、長いつきあいをしていきたいと思った。

洋裁の手を休ませて　新茶入る

網戸より　風の入りたる　針子部屋

男の料理

ダイヤルを回して、何も出ない電話に、

「こんにちは、菊次です。今日の四時に伺います」

と言うと、電話の向こうで茶碗を
「チャンチャン」

と叩く音が鳴った。声の出ないご主人のいる事がわかる。

「はい伺います」

と言って電話をきった。柳川から中島の橋をこえて右に折れると、有明海に一番近い入江に夕日がかたむく。潮にキラキラと輝く船止り、そして仕事をおえた船。そんな潮風をきって黒崎方面に車を走らせた。

大牟田に入ると、昔は炭坑で一時期は栄えた町も、今はその跡形もない静かな通りである。

そんな街中を通り抜け、のり子さんの家につくには三十分はかかる。昔ながらの二階への階段、きちんと、掃除のゆき届いた廊下は気持ちがよい。ご主人と二人生活し、息子さんは独立して所帯を持っている。

そんな中、パートから戻ってきた、のり子さん。汗をふきつつ、私が伺ったのとはそう時間のずれはなかった。男の料理の匂いが部屋中をただよっていた。野菜物が鍋の中でぐつぐつと煮えていた。

ご主人は三ヶ月前にやっと退院されてあり、明るい性格だけに病気を克服して退屈な生活をしてある様子がうかがえた。喉の手術の時はずい分と、のり子さんも心配されたものである。私も見舞いには行かせて頂いていたが、大変なことである。手術前の集金に行くと、今度逢う時はもう声が出ない、と淋しさと、手術への不安を語っていた半年前、そんな苦労も見当たらないが、喉にはガーゼの一枚がはめてある。ゴミがついてはいけないのでと本人は言う。だが食事は別に考えなくてよい。たばこは止めてあり、以前より顔色もよい。

鍋の中がぐらぐらと煮えている音をききながら、お茶やコーヒーを頂く。間に合わせの茶菓子や、梅酢を水で割ったものを出され嬉しく思う。そして男の料理の話をして、味付け、やり方など自慢そうに話されるのを鉛筆でメモをとる。声にならない口をあけての話はわかる。そして、しばらく話を終えると集金を済ませる。そんな姿に、日頃私たちは自然に声を出せば、思いのままに表現ができることを忘れていることを教えられる、本当に、声が出るだけでもぜいたくで、

「目は口ほどに物を言う」

又、

「言霊」

とも言う。言葉は、その人のたましいのさけびでもあるから、最低でも相手を傷つける表現はしてはいけないと反省させられたものである。まして、ご主人はそんなに困っている様子はないように見うけられるけれど、むずかしい言葉になれば、メモ紙に書いて意を伝えてくれ、せいいっぱい明るく楽しく生きておられる姿が、この男の料理の中に伺えたものである。しばらく三人で語らった時は、もう五時を過ぎようとしていた。

汗にじむ　パートの仕事終えて来し
夏風に男の料理　匂ひけり

武家屋敷

私は、久留米に行った時、瀬の下の旧家吉武家に行くのを楽しみにしている。二百年前建てられた武家屋敷。瓦葺きの武家門と母屋までの長い敷石が時代を物語っている。江戸時代から有馬藩につかえ、又藩命により政商（藩米及び御用金の采配、醤油醸造）も致していたが、明治二十七年頃、経営していた銀行が倒れ財産がなくなったとのこと。瀬の下は、この筑後川水天宮入口として、又は、豪商の甍《いらか》をならべる街として栄えた。大きな船が旗を立て、下浜の港へ着き、水利の便しかない江戸時代瀬の下は久留米の玄関口であった。

前期武家門の前に令息が経営する吉武歯科医院がある。いつも予約でいっぱいの人気、心のこもった仕事ぶりの院長先生とスタッフ五人が働いている。先生は、「歯なんでも事典」を出版、読む人に歯についてのくわしいアドバイスをしている。お嫁さんと二人の子供さんと幸せそうな家族である。そんな石原さんは、趣味のお友達であり十年ちかくはつきあっている。

久留米に出向く時は、電話一本入れる。

「今日おりますよ」

と言う。それから四十分かけて車で行く。その武家屋敷の門をくぐると玄関までの庭つづきの中に彼岸花が私の目につよく光る。石畳を踏んで行くと玄関のまわりに水が打ってある。

「ごめん下さい、ごめん下さい」

と広い屋敷いっぱいに聞こえるように言う。奥の座敷の方より、

「どうぞ」

と言って足音がきこえる。そして、

「どうぞ、おあがり下さいませ」

と言って居間に通される。ご主人は、若い時から美術品を集め、すばらしいものがあちらこちらの部屋に飾られてある。

「昼ごはん、食べられました」

「いいえ」

「これケーキ」

と言って差し出す。

「いや、何も持って来なくていいのに！」

「ほんの気持ちばかりです」

そんな会話をしていると、台所から、十分足らずのうちにテーブルの上に一皿、二皿、といった具合にいつのまにかテーブルがいっぱいになる。みかけがよく、味もよくつけてあり、手ぎわよくこしらえて頂く。又、お茶と、湯気の立っている昼ごはんを頂くと感激をする。

「いや、すみませんね。仏様より早く頂いて」

と申し訳なく思い、

「いただきます」

と手を合わせ、箸で一口、二口と食べはじめるごはんは格別においしい。又、温かい心にずいぶんふれさせて頂いたものである。ああ今日一日幸せな日々をおくらせて頂いたことだと感謝をする。この昼ごはんは、私だけのぬくもりのような物である。これがもっと続くように祈りながら、昼下がりの路地をあとにした。

武家屋敷　残暑の路地を訪ひにけり

建て直しゐし武家屋敷　秋に入る

風鈴

柳川から、近い道を選んでも、二十分はかかる高田町、山里の丘の上へ登って行くと、広いつつみが一つある。水面を通り抜ける冷たい風が気持ちよくほほをなでる。T子さんの家についたのは、約束の十二時五分前。

「何も食べないで来て下さい」

とのことであった。気持ちばかりの洋酒を一つさげて門を開く。玄関に水を打って涼しさが漂っていた。そして一枚の葭簀《よしず》が立てかけてある。

「ピンポン」

と呼鈴を鳴らすと、奥の方から、スリッパの音がした。

「こんにちは」

と言う。

「どうぞ」

と言って長い渡り廊下を歩いていくと、すごく情緒があり私はすぐに気にいった。庭の手入れは行き届いていて、そよ風で風鈴の音が私を迎えているようにきこえる。そのまわり廊下のある離れの座敷へ案内された。そこには、すばらしい眺めの中に、あづまやが一つあった。その奥には仏間があり、ご先祖様にお参りさせて頂いた。そして、もてなしの席についた。

しばらくお茶を頂いていると、涼しさがあり、蝉の声があり、とても優雅で俳句のできそうな雰囲気である。尋ねてみると、句会の会場として使用される時もあるとのこと。茶の湯の道具も置いてあり、炉もある。そんな中でのくつろぎは心の奥が洗われる思いがした。

風鈴の音が話の中に加わってきた。寿司ごはんが運ばれてきた。急におなかがすき、

「いただきます」

と言ってふたをあけると涼を感じた。時間をかけて寿司ごはんと、おすましを頂いた。とてもおいしく頂けた。その時、T子さんは水屋の方へ、お茶の入れかえに行っている間におてもとの裏に句を作った。

「風鈴や回り廊下の縁広し」

「いや、菊次さん、あなた、いっけん、軽がるしいと思っていたが」

と突然の言葉であった。そして、

「あっけらかんとした人と思っていたが」

と言いながら笑いが止まらないほど、お互いに笑った。いい句ができたね。まじめな声になった。

「いや、昔からですよ」

余りに、もったいないもてなしで、なんのおかえしもできませんのでと言って軽く話をした。とても気に入って頂いた様子であった。

T子さんは、七年前に教職の仕事をやめて、今は孫と、娘夫婦の暮らしである。月に一回は旅行に出かけられるとのこと。私も旅行大好き人間で、旅の話の輪が広がる。時間はあっというまに過ぎた。

貴方は保険の話はしないで、俳句の話ばかりをしていていいね。

「帰りには、みやげを持って帰らなくていいね」

と言われ、

「はアー」「何のみやげですか」

と問いかえしてみた。

「生命保険のみやげよ」

と言いながら、どうせ保険を掛けるならば、貴方に相談するわよ。と言って、「軒別」を書いて頂いた。そして、よその保険屋さんは、保険の話ばかりして帰るけど、貴方は何も言わないね、と。

「やった！」

と思った。

それから、次の約束の日を決めて、そこの広い庭を又、眺めて玄関をあとにした。

次の日は、とても暑い日であった。診査と契約を済ますことができて良かったと思った。その日は手作りの魚の料理を頂いて昼をすませた。

貴方と話をしていると、みた目は、あっけらかんのように見えるが、会うたびごとに中身の深さを感じると言われた。順調に契約を済ませ、足どりも軽く、我が社へと車を走らせた。

契約済み印鑑の汗ばみし

風鈴の音色もてなしごころあり

貯蓄

久留米温泉の近くに一人暮らしの優雅な生活をしてある詩吟の先生からの電話である。

「もし、もし、菊次さん、はい」

受話器をとると、特徴のある「もしもし」である。

「あのね、昨日、本屋さんにいって勉強をしてきたらね、一時払養老が一番金利の利回りがよいと書いてあったので電話したよ」

と言われ流石《さすが》だなぁと思った。

「はい、あした、うちに来てくれない」

「いいですよ」

「銀行、郵便局の貯金をおろして、第百生命にきりかえるので」

「じゃー私も勉強してきます」

と言って時間を決めて電話はきれた。翌日約束の時間に訪問すると、テーブルの上に束ね

た札がちゃんと積んであり、

「いろいろと工夫をしてね」

と注文があり、そのとおりに契約の用紙を何枚も用意していた。

「備えあれば、老後は憂いなし」

と言いながら、スムーズに契約を頂いた。本当にこの第百生命に勤めていてよかったと思った。

そして、貯金をすることが大好きだった私の心も手伝って懸命になった。あれから早や五年も過ぎようとしている。人の財産をあずかる職員として、自信と誇りを持って接することを学ばせて頂いたように思う。

早春にきりかえ貯蓄してをりし
札束のいくつもあして春を待つ

初さんま

五年程前にスーパーの食料品売場でみかけたのが知美さんでした。私は名前もよく知らず、妹の友達であることだけと顔は知っていた。そんな売場での出会い。

「こんにちは」

「あら」

「お元気ですか」

と言いながら目をあわせた。

「今何してはる」

と声をかけられ、

「第百生命に勤めて頑張っていますよ」

と言って、バッグの中から一枚の名刺を渡した。

そんな、通りすぎて行く時間、

「それがねェ、今、うちの友達の知人に保険屋さんがいて、それに加入しようと思っている」

と言われ、即、

「あのね、いざ、何かあった時に、お世話や、手続きをする時に何かと不便よ」

と私は口からさらりと言えた。

「そうね、いい商品も出ているから」

と言って、生年月日、氏名などを即メモをした。二、三日先のあいている曜日を決めてその売場をあとにした。それまでに、必要な物は準備しておくことにした。

約束の日が来た。電車の到着時間を待つことにした。でもなかなか姿が見えない。場所は、わかるはずなのにと思い考えていると、特急電車に乗りおくれ、普通電車だったとのことで二十分ほどおくれて姿が見えた。ほっとした。

そして、夕食を済ませ、契約を頂いた。その後、転換にもして頂き、私は本当にラッキーというか、素直にきいて頂いている。又、それに応えうるように自分を磨いていないと、長続きはしない。でもその間のかかわり合いはさせて頂いている。

相手の気持ちが良ければ、それ以上に応えるべき面は出して行かないといけないと思った。本当に私にとっては感謝せずにはおれない友人である。

初さんま　売場に人気　ありにけり

独身をつづけて愉しい　夜長かな

植木鉢

訪問を重ねて五年になる。玄関先の植木鉢が、きちんと棚に整理整頓してあり、青々として枝ぶりも感じがよい。植木鉢だけでも三百鉢はあると言う。ご主人は、お謡いのけいこ、植木の手入れに余念がない。月に一度の訪問は心を清めさせてくれる。植木に水をかけるのもご主人の日課。そのため、何日も家をあけるわけにはいかない。少しでも水をかけないとすぐに枯れ始める、ときかされ、ほんとうに大変だなあーと思った。植木をみては少し考えさせられた。

植木は、水を与えてもらわないと、自ら水を要求することはできない。又肥料もときには与えなければいけない。人間は水を飲みたい時はすぐに飲む時も、食べることもできる。そんな自然をみていると、本当に、私は自然界の中での生活は幸福だと感じないわけにはいかない。植木や花にも、精一杯の愛情をかたむけてみると立派に育つ。いいかかわりをもちつづければ、すばらしい植木にもなる。

　そんな植木との語らいが続いている中に、やっと設計書を見て頂き、保障の必要性も理解して頂いた翌日、約束の日でもあった。

（ピンポン）

「ごめん下さい」

　玄関の戸があき、

「こんにちは」

と言うと、ご主人が出てきた。庭先の駐車場に止めてある中古車が、いつのまにか新車にかわっていた。

「いや、すごい、新車ですね」

と言う。四年前から、車のセールスマンが来ていて断りきれず、やっと車を買った話をされた。

「いや、新車もいいんですが」

と、その気になられていた保険の話は中止になり、私はがっかりした。だがあきらめずに、再度訪問をしている。保障の必要性を理解していただくには、もう少しの時間がかかりそうに思えてならない。

「何にもないうちはいいんですが」

とひとり言を心のうちにしたものである。そしてその場をあとにした。

水打って　植木の手入れ日課とす

新涼の植木鉢あり生きいきと

牛

柳川の駅を降り、五分ほど歩いて行くと「マンハッタン」とネオンがついている。二階である。そのお店に行き出してもう四年になる。ご自宅は駅の裏通りを十分ほど行くと大きな牛小屋が一つ目につく。番犬として三匹の犬がなれない足音にほえ始める。

以前はなれない犬が、そばに寄ってくると心どきどきしたものである。今は、犬の方もほえることは少ない。犬に声をかける。「にこっ」とする。おだやかな目つきになる。

「ピンポン」「ピンポン」

玄関の戸はあく。広くて、廊下は長く私の声が庭先まで届くように、

「ごめん下さい」

と言うが音さえない。

しばらく立っていると牛小屋に目がいく。牛の十頭が草をはんだり、水を飲んだり、又、水の音がしたかと思うと、それは牛の「おしっこ」である。びっくりする。そんな留守の

時は、山にいる。肉牛二〇〇頭が放牧されている山の中へ朝出かけて行き、牛の世話をご主人としているのだ。牛の顔をみていると、

「牛はのろのろと歩く

　自然を信じきって、

　牛はのろのろと歩く」

そんな高村光太郎の詩の一節を思い、勇気が自然にわいてくる。そんな牛とのつかのまの語らいに、ふと我にかえり、一つのメモをおいてくる。

「今夜、お店に伺いますので」

夜八時過ぎに「マンハッタン」に行くと、ママと必ず会える。丁度、水割りの好きな私にとって、いい場所であり、カラオケを何曲も歌う。山の水を利用しての水割りも格別においしい。なんとも言えない。

「これ、おいしいね」

カウンターの女性にきくと、山の水をママが持ってくるという。ありがたいことである。町中を通ってきている水よりも、この山の水をたくさん飲みたいと思った。又、客がドンドンふえてきた。私はすぐに席を立った。

コスモスや牧舎の牛　泣いてゐし

水割りを求めて今日も涼しく居

地蔵盆　㈠

　この里に嫁いで来て十年になる。毎年お盆が過ぎると、地蔵盆の行事が行なわれる。子供会十四、五人のうちの絢子も裕衣に着がえ、近所の上級生に連れられて喜んで出ていった。すると、赤い提灯をさげて町内をねり歩く。ゆかた姿の四、五人のかたまりとなって、

「おじぞうさんにめってくだはれ」

「おじぞうさんにめってくだはれ、稲の花のすぎた田園をきこえるよ」

と、声が高くきこえてくる。そうして子供たちの声も遠くなりかけてきている時はもう九時近くである、しばらくすると、四、五人づれのゆかた姿の子供たちが、

「ごめん下さい」と言って玄関に入ってくる。

「はい」

「今日、この煮豆と菓子一袋、一〇〇円です」

と言って五袋も私に手渡す。

「これ何」

「今日余ったものは、家庭に買い取ってもらっています」

と言う。

「じゃ」

と言って、サイフを取りに行く。たくさんいらないと思ったものの、何日かかけて食べればよいと思い五袋買った。そして又次の家庭へ売りに行く様子であった。

しばらくして子供は帰ってきた。そして、又、声をはりあげ
「おじぞうさんにめってくだはれ」

と何回もねり歩いて覚えた言葉を使っていた。その時、二十年前の地蔵盆を思いおこし、原稿をひらいてみた。

地蔵盆　㈡

駅を降りてしばらく田舎道を行くと、地蔵盆と呼ばれる行事をやっていた。

あいにく小雨が降り始め、地蔵の祀ってあるところにはテントがはられてあった。テントの柱に竿がとおされ、竿に提灯がさげられいくぶんの明るさを保っていた。縁台には、ローソクの灯りが二、三、大きな石地蔵が持ち運んでこられたと見え、泥がついていたが三角の前掛けは新しかった。地蔵の前には、西瓜、ぶどう、と夏の果物が供えられ、線香の香の漂う中で、裕衣を来た少女五人が接待をしていた。

雨もやみ、次の地蔵さまは、木立の小さなお宮であった。そこには、裕衣で着飾った、小学生二人が、地蔵の前の賽銭箱の横にいた。お参りすると、立ち上がって、新聞紙に包んだ駄菓子の袋が渡された。

「すみません」

と頂いたものの、子供に返ったような嬉しい気持ちであった。

「ありがとうございました」

かわいらしい挨拶であった。

二分ほど歩くと、子供のわいわいとさわぐ声がしていた。バラ屋敷である。その下には、裸ローソクが縁台の回りに何十本と灯してあった。その中には、頭の欠けた地蔵に、円い石がのせてあった。消えそうになっているローソクを燈しかえている子供、炎を高く上げているローソク、遊びまわっている子、そして、吟行しながらお参りしている人々、斜め前には、出店のような格好をした地蔵堂で、男の子ばかりの祭りであった。街灯、ローソクの灯りや、子供たちの声で祭り気分であった。

お参りするたびに駄菓子の袋がもらえたので、手に持ちきれなくなったころには、夜も静まりかけていた。地蔵の祭りが再び始められたのは、四年前からで、子供たちの手で続けられているとのことであった。

「垂見の地蔵さんに、お参りしてくだはれー」

と声をそろえて中学生四、五人が提灯を下げ列をなしてくる声がしていた。

まったく、子供の祭りというよろこびが私の胸に湧いた。

下駄の音遠くにもあり地蔵盆

地蔵盆　接待の豆なくなりし

二割引

柳川の伝習館の斜め前にパン屋さんがある。パン屋さんの向かい側が本屋さんといった具合いに、学生たちのたまり場でもある。昼すぎの四時ぐらいになると、おなかのすいた学生さんたちが思い思いのパンやジュースなどを四、五人づれで食べている光景をいつもみかける。

パン屋の店長は、私の同級生である。電話が鳴った。

「あした、一日中パンやその他の商品が二割引だから来てね」

という案内の電話である。

「そうね、出かけて行くわ」

と電話はきれた。子供もパンやサンドイッチ、アイスクリームなどを買う。

友達には一つも遠慮がない。保険の紹介も気持ちよくひきうけてくれる。そんな中において、弟さんにも口添えして頂いた。丁度三年前の話になる。

夜、九時過ぎに出かけていった。夜の道はなかなかわかりにくい。大きなお家である、弟さんは建築の棟梁である。十人ほど人をつかっているので、お盆も、お正月の休みもない忙しい毎日である。そんな、棟梁さんが玄関に出てこられた。

「大きな、お家ですね」

どの部屋も見せて頂いた。流石、よい材料で間取りがよい。そんな居間に通され、一つ一つ感嘆したものである。

そこにはこたつが一つ置いてあり、

「あなたにまかせます」

と言って一〇〇万円をポンと、こたつの上に置かれた。設計書を提示し、すぐに契約を頂いた。その喜びもまだ残っている。

そんなつきあいの中、人の力を借りながら、仕事を楽しくやっていけることに感謝をせずにおれない。

そして、二割引のパンと、すのしをつけた日もちの良い菓子箱を一つ買って、駐車場に止めている車の方へ行った。

秋日岸　おはぎ注文ありにけり

商品の二割引なる　秋日岸

台風

台風の十五号が今年も接近してきていた。近所では台風に備えての釘打つ音が、雲り空に「トントン」といった具合に響いてくる。屋根の上での声が下までする。

そんな余波が少しずつ強くなってくる気配、太郎さんは、「大家」という小料理屋へ友人を招待する約束を一ヶ月前からしていた。そのため、仕事を終えたのち、「大家」へ出かけて行っている。

私もおちついている。台風のテレビのニュースにかじりついている。でも雨戸をしめ、庭の物が飛ばないだけの簡単なかたづけはした。

「本当にくるのだろうか、予想があたればもっと風が強くなくてはいけないのに」と自問自答をする。長崎の方からくる台風には用心するように、子供心にも父からおしえられている。少しは安心、でもあすは八月八日、長崎平和サイクリングに行く予定。すべてお金も払って、ホテルの予約も済んでいる。そんな、あしたの準備をしながら十一時をすぎていた。

テレビを見ていたら、

「ただいま」

少しビールを飲んだ、赤い顔をした太郎さんが帰ってきた。笑いながら、

「台風はこないだろう。大家の神様に、千円おあげして、祈願をしてきたから」

と、ごきげんさんである。

「おつかれさまでしたね」

と迎えたのち、

「三人でお参りしてきた。もし台風がこなければ、大家の神様にお礼を言わなくては」

と少し酔っているようにみえるが、そんなに飲める人ではない。

お風呂に入ったのか、床についたのか、ごきげんの太郎さんにつけ加える言葉はしなかった。

私はあしたのサイクリングの準備をしていると、三十年もたつ柱時計が十二時をさし、ボンボンボンボンボンと忙しそうに打った。そのあと、ニュースをみて床についた。

台風のそれたるサイクリングかな

夏雲の下を子供と二人旅

「くもで」

　柳川の中心街を少し右へ折れると、路地の凪とネオンの灯りが私の心をやさしくしてくれる。昭和四十六年三月以降ずうっと、この裏町をささえてきたともいえるこの店には、ママ一人、カウンターには季節のお花が行くごとに変わっていて客を楽しませてくれる。

壁には、壇一雄の
「女子供の毛すすきてあらむ川明る柳の影もそよぎてあらむよ」

と額が一つ目につく。又俳人たちの色紙も私の目を楽しませてくれるこのお店、ご縁を頂いたのも、新人のあとの集金先、最初はきびしく、人の分まで注意あり、最初から縁を深めさせて頂くつもりで今日まで歩いてもう二年になる。月に一回行く。客がまだこないうちのやすらぎはとても神秘感が漂う。

　そんな中、ジュースとその日のつまみを頂く。別の情報や話の方が、長く楽しくゆかいである。ママも大きな声で話が好き。一つ一つ勇気づけられ、生きているという実感がわ

く。そんな中に
「いらっしゃいませ」

とママの声がすると、さっときりあげ、

「おじゃましました」

と言って、引き上げてくる時もある。

長年の苦労もありしビールつぐ
百合の花活け繁昌の店「くもで」

山小屋

今回の日曜日は何の用事も入れないで、ゆっくりくつろぎたい面もあり、家にいた。昼をして、のど自慢のテレビを見ていると、

「ごめん下さい」

と声がした。

「はい」

と言って玄関に出て行くと、十年前に親戚になった俳人、みよ子さんである。

「どうぞ」

居間に通す。長男を立派に育てあげられ、結婚の招待である。

佐賀のはがくれ荘にて行なわれることをきき、主人は予定のないことに返事をした。

役所勤めを長くして、退職。今は山や畑の仕事をしては女流俳人として活躍をしてある。

「この頃、ひとつも俳句会に顔出さないね」

「毎日、忙しくて」「なかなかその気になれず」

と言う。座敷の広間は、私の書き物で、すぐにこのテーブルを使うわけにはいかない。

「いや、投句はしたら」

と言われ、アイスコーヒーを出した。のどがかわいていたのか「おいしい」と言って飲みほしてあった。

しばらくして次の用事に行かれるみよ子さんを見送り、

「あの山小屋はどうしていますか」

と尋ねると、「草ばかりで」と笑いながらの別れであった。そのあと十五年前の原稿を出してみた。ふとなつかしくなり思い出した。

追憶の山小屋のあり秋炉燃ゆ

招待状　コスモスの風　入れて来し

夏の山小屋

昭和五十二年二月十四日

駅からバスで四十五分ほど行けば、山小屋への径《みち》はそう遠くなかった。車中から見わたす限り麦刈のさ中でもあった。清水山に着いたのは十時を過ぎていた。それより、旧道を行く坂道は、定家かづらの散っている上をしばらく梅雨の走りのひなびた美しい沼地を眺めながら、小休止した。

山林の奥へ行くほどに、ほととぎす、小授鶏の鳴き交わす声に心を留めた。雨上がりの山道は肌寒く感じるくらいであった。みかんの花もすぎた畑に草を刈る人たちが見えた。それから、右に折れると山小屋よりの煙が薄くくすぶっているのが見え始めた。そこは、わさび沢に澄んだ水をいつも流す清流の地で、山の上から引っ張ってある筧の水が飲み水として利用されている山小屋へ着いたのは午《ひる》近くであった。

山小屋は電灯もなければランプもない。薄暗い床の間には、

「姉かむり絣モンペのみよ子好き」

静雲先生の一句がかかげてあった。隣には、夏炉の焔を美しく上げている板張に十人ほど、炉を囲んでいた。北窓へは炉煙の流るる方に炉火ものび、炉に吊るされている煮鍋がぐつぐつと音をたてていた。酒のかんがつくと煮鍋はおろされ、それぞれ昼食をご馳走になりながら、この炉で楽しく一日を過ごした。まもなく楽しいひとときを惜しみながらこの山を下りると、日はすでに落ちていた。町の灯りがまたたいていた。

敬老の日

九月十五日の敬老の日、子供の詩吟の昇伝審査会があった。朝早く、久留米の会場に出かけた。心配していたが、詩文のまちがいもなく、やりこなしてくれたことに、ほっとした部分もあった。

そんな昼すぎ、久留米をあとに柳川の立花うどん屋に寄った。肉うどんを注文、二人で食べ終わると、ふと、顔を上げる。

「いや、久しぶりですね」

「こんにちは」

「いつもご無沙汰しております」

と挨拶を交わす。奥様と東雲子先生の方に近づいてしばらく話をさせて頂いた。

「いや、毎日忙しいやろ」

ときかれ、

「はい、おかげ様で」

いろいろ俳句の話になる。俳句会に行きたいけれど、忘れる時もしばしばでなつかしい話になる。

「若い時にやりたいことは、頑張ってしていた方がいい」

という力のあるアドバイスを頂いた。先生も忙しい方で、八女に色紙を届けに行く途中に、うどん屋に寄られたものである。それに又運よく出逢えたものである。急がれていた先生は、はだかではいけないけれどと言われ、奥様より、子供には大金の小遣いを頂いた。子供は大きな声で
「ありがとうございました」

と言えた。

「いや、すみません。ありがとうございます」

と礼を述べ、先生はうどん屋をあとにされた。しばらくして、考えていると二十三年前に原稿を書いているのを思い出し、そこのうどん屋をあとにした。

家につくや、原稿をいろいろとひっぱり出す中に、葭簀編み吟行の文が出てきた。その時、今日逢ったばかりの東雲子先生の自宅で句会があり、私は一番若かったため、みんな

からよく励まされ勉強ができたものであった。その日は、たくさんの西瓜でもてなされ、私が一番食べたように思う。その頃は、仕事で忙しいけれど、忙しい時ほど、いい句ができる、そして、自分の身辺の客観写生に徹すること、即ち、人事句を作るように努力した方がよいことを、逢うたびに助言を頂いたものである。なつかしい日であった。

懐古なる出逢ひ涼しき日でありし
爽やかな日であり会話栞りたる

二十年前の葭簀編み吟行

葭簀《よしず》編み小屋を訪れたのは、二十三年前の午近《ひる》くであった。納屋の戸には予約済みのメモが、ぎっしりと書かれてあった。土間続きの納屋の中に入ると、つつろの音がしきりにしていた。何もしないでいても、汗を拭かずにはいられない暑さであった。

仕事場は泥の壁で仕切ってあった。電燈もない天窓から僅かに薄日が射していた、薄明りで、タオルで姉さんかぶりをした四人の媼《おうな》がせっせと葭簀を編んでいた。忙しそうに、手足に調子をつけるかのように声もたてないで。

「夏だけ、葭簀編んでいるのですか」

と聞いてみた。すると、

「年中、やっています。今年のように、雨が少ないと忙しい。大阪やその他からの注文が寄せられるが、何割かしかできません」

とのことであった。

奥の方へ歩いてみると、葭の束が納屋の半分以上を占めている。おそらく、一年分の材料が立てかけられているのだと思った。葭の一本一本が、磨かれていたので、つやがあり光っていた。葭の色には無関心だった私に、

「黒と白がありましてね。

片よりしないようにします」

と言われた。なるほどすだれを観ると、茶の濃いのと、白に近い色のところがあった。

力竹を台の上に置き、棕梠《しゅろ》の大きな糸で、繰り返し繰り返すごとに、汗と膏薬のはられた指が、細めに動いていた。痛いだろうと同情したものである。

やがて、編み終わると、くるくる巻いて、

「はい出来上がり」

という具合。その器用さに感激をした。十五年という人の手さばきは、殊にみごとなものであった。

それから、一週間過ぎたある日、一枚の暑中見舞のはがきが届いた。達筆な文字で、

「私は、彼の日の葭簀編む媼の写生がどうしてもまとまらずいましたが、やっと一句できました」

葭簀編む媼猫背でありにけり

と書かれてあった。

なお、追伸に、

「俳句は作るものでなく、授かるものと言われている意味が分かりました」

とありました。

そしてこの原稿用紙は少しあせばんではいるが、この二十年前を少しずつ思いおこすことができてよかったと思った。

追憶は美しかりし涼しかり
二十年前の原稿黴匂う

潮風

沖端川《おきのはたがわ》の下流には私の里がある。潮が満ちたり引いたりしている土手の下には稲の花が咲いている。そして幼い時は、C子さんとよく潮風の中で遊んだものである。

母の三年忌の法要に里帰りをしていたある日、C子さんと久しぶりに出会った。そのC子さんの里の家の前が丁度花屋である。法要の活け花用と、仏間用のお花を注文をして車の中で待っていた。すると、向こうからC子さんと、お母さんが立ち話をしながら歩いてきた。

「おはよう」

「今何をしている」

「今ね、第百生命に勤めて頑張っている」

と言って名刺を渡した。その時はまだ三ヶ月目であった。C子さんは二十五年の教職の生活、キャリアウーマン、本当に板についている小学校の先生である。

「C子さん、何しに来たと」

と言いながら外で話を始める。パンフレットを渡し、貯蓄の話をすると、すばやく、

「貯金だったらいいよ、二万円ぐらいは」

と返事を頂いた。その時、やっぱり幼な友だちだなーと思った。

二、三日して、勤め先の小学校へ出かけて行くことにした。声かけをしてよかった。貯蓄と生命を二本頂くことができた。

その後小学校に集金に行くと、この前、立ち話をしていたお母さんは二、三日して急に具合が悪くなり亡くなられたことをきかされた。そして里の近くなので、お仏様にお参りさせて頂いた。私はあの立ち話をしていた時が、C子さんとお母様の最後の別れだったと思った。幼い時は、夕方おそくまで遊んだものである。又この文章を書いていると、C子さんのお父様もとてもいい人柄で近所でも人望が厚く、私の父とも仲がよかった。子供心にもたくさんの声をかけて頂いたのを憶えている。

月一回の集金は学校に出かけていくが、ある時、C子さん女の教頭先生をめざして、

「がんばらんね」

と言う。

「あなただけよ、そんな、勇気のある声かけをしてくれるのは」

と言って、

「そうね、他の人からも言われる。アハハ……」

と言いながら、明るく別れる。では又ね、と言って小学校の長い廊下をあとにする。

島こえて　行く集金の残暑かな

海よりの　風にも秋の気配あり

自然食品

食という文字は人の中に良い、即ち、人をよくすると書きます。優れた芸術を鑑賞することにより魂が浄《きよ》まるように、真、善、美、にかなった食こそが人の身も心も楽しくよくするのであると、私は十五年前に学んでいる。そんな亀崎さんのおさそいがあった。いつも時間におわれていると、毎日の生活をふりかえり、素敵な話をきくことも大切なんだなあーと思い、その日は早くから予定にくんでいた。又、私の都合に合わせて土曜日を選んで頂いた。

大和町を行くとお宮がある。宮の中にはいって行くと、何台かの車と自転車が止まっていた。玄関のピンポンを押すと、家の中から、

「どうぞ」

と響く声が、私の立っているところまで聞こえてきた。玄関の真正面にはとてもいきいきとしたお花が活けてあった。

「とてもきれいですね」
と言うと、
「花は一日でも長くきれいな姿で咲いていていたいのに、花を切って活けることは、花のいのちをちぢめることになるので、花の気持ちをくんで、自然の状態以上に美しく活けることが大切ですよ」
と言われた。
私はビールと少しの自然食のつまみを下げて行った。廊下をへだて、御神前にも工夫をこらして庭先に咲いた花を活けてあった。一人ふえ二人ふえ、八人の集まりとなった。久しぶりに会う人、初めての人、でも関心のある人の集まりとなった。私はしばらく「座右の銘」に目をやっていた。
㈠ 人生、健康第一
㈡ 人生は負けるが勝ち
㈢ 人生は引くが肝心　突いたら駄目
㈣ 物事はすべて良い方に考えよ
一つ一つ目で読んでいると、なるほどそうだなあと思い反省させられたものである。

集合時間になった。人数も揃い、亀崎さんは自然食品について、一生懸命に話された。まず、自分の畑に、自然の野菜、トマト、キュウリ、枝豆、草花、といった作物を植え、量こそ少ないが本当に安心して口にすることができるという話となった。

畑では、トマトの元気のないのに気づき、根の方を見た。トマトがたくさんなっているのに枝が枯れ始めている。

「なぜ枯れてますか」

と聞くと、

「トマトの周りはたくさん白根がはっている。それを、この辺までは根ははっていないだろうと思い草を取ったところ、白根を切ってしまって」

と、残念そうに語られた。私も何年か前に、トマトのまわりをきれいに草をとったために枯れ、原因をつきとめないまま終わっていたので、すごく参考になった。そんな体験談を畑の中できかされた時、いきいきと身も心も浄まっておられるなあーと思わずにおれなかった。

昼には、自然米のおにぎりと、つけもの、それにお茶が供され、それぞれの盛りつけられているすべてのおかずも自然のもので、本当に安心して昼をすますことができた。

座敷には、こんな色紙があり、私の心を打った。

「色かたち味はたくみに偽らねども　人の心は偽ざりけれ」

とあった。

冷房の利きしおにぎりうまかりし
農薬のかからぬトマトみやげとす

それから一週間が過ぎたと思う、郵便受けの中に一つの手紙が届いていた。

皆さん、私達が食べている殆どの食物は農薬や、食品添加物により汚染され、これほど科学が進歩した現代にあっても、病人は減るどころか、むしろ増える一方です。ガンや、高血圧、心臓病、肝臓障害、精神病等の文明病が年々増え又、若者層にも及んでいます。こうした中にあって、農薬や、食品添加物を使用しない自然で安全な食品を摂取することは、私達自身の健康づくりのためだけでなく、次の世代を担う子供達、二十一世紀を担う子供達の健康を守るという意味においても非常に重要であります。私達は、幸いにも、当地に、平成三年一月㈶自然農法国際研究開発センター南筑後支部が開設されましたので、ここを拠点として、自然農法の普及活動に精一杯の努力をして行こうではありませんか。

Kamezaki

という文面であった。

そして、とれたての枝豆が玄関に置いてあった。

天使の髪

町中には何軒も美容室が増えてきた。しかし、自分にあった美容室は一つはあるが、今日は閉まっている。少し伸びかかった髪のカットをその日に決めたら、今にもじっとしておれない性格だけに、髪が少しはねている、そんな気持ちも手伝って、たまには他のところをのぞいてみようと思った。そして、信号を待っていると、突きあたりに「エンゼルヘア天使の髪」と看板が立てかけてあった。美容室は二階である。玄関のすぐ横にはお花が活けてあり明るく感じた。

先生はきさくで誰にでもよさそうで腕もたしかのようだ。しばらく順番がくるまでコーヒーを頂いた。

「お待たせしました」

と先生の声。又一からヘアの説明もしたくない。めんどうくさい、そんな中、写真一枚を渡して、

「このモデルの写真のようなカットで格好よくして下さい」

「はい、わかりました。今の流行ですね。少しくせ毛ですね」

と話をしながらカットをして頂いた。カット後に合わせ鏡をしてみると、まさに写真以上の出来映えである。やっと二十五年ぶりに私の気に入ったカットをしてもらい、安心をした。そんな中、月に一、二回は顔を出すように決めた。

それから、四、五回行くと先生とも親しくなり、こう聞かれた。

「あなた、妹さんいらっしゃいませんか」

「はい、いますが」

「大川でパーマ屋さんしていらっしゃいますよね」

「どうしてご存知なのですか」

と尋ねると、

「よく似てあります。言葉から、いや……、ずいぶんT子先生にお世話になっていたものですよ」

「ああそうですか。そんな話、したこともない。こちらこそ妹がお世話になっていたことでしょう」

と頭を下げた。それから、子供もそこで、カットをするように決めた。

「でも世間とは狭いものですね」

といいながら、それからもたびたび足を運ぶようになった。知人の出入りもたくさんある。保険の話もスムーズにできるようになった。

それから、ある日、

「年金保険はどんなものがありますか」

と尋ねられ、

「そうですね、今は、個人年金Ｕｉｎｇの商品があります」

「一度、説明に来て下さい」

と言われ、丁度仕事の終わったあとの七時に約束をさせて頂いた。

その日は少し寒い日だった。子供の塾の帰り道に寄ることにして地図だけ書いて頂いた。もう夕ぐれ時である。

「ごめん下さい」

と大きな声で子供と一緒に呼ぶと、

「はい」

そこの玄関の周りには、二匹の犬が、大きい犬と小さい犬がほえたてた。あまり好きでない犬の声で、玄関の戸があくのを待った。

「どうぞ」

という先生の合図で、私と子供と二人で居間に上がった。すると、又、何匹もの猫がかわれている。これまた猫のニャオニャオという声、あっけにとられ、ご主人は丁度晩酌のところであった。

「いやすみません、お食事時におじゃまして」

ケーキをみやげに、差し出すと、

「ここに座られませんか」

猫がこたつの周りをうろうろしていて、なんと動物好きな家族だろうかと思った。そんな、テーブルの上に次々と出されてくる、さしみ、貝柱、といった酒のさかなが準備され、お酒も少しだけ頂き、遠慮なく、子供とごちそうになった。

そのあと、すぐに契約を頂き、酒の話と猫の話、それぞれ名前のついている猫、犬の話に花が咲き、本当に心の美しい方に出会ったものだと思った。

もうその時、月の灯りがガラス戸越しにみえ、時計をみるとかなり時間がたっている。

外に出てみると寒月が、先生の庭先を明るく照らし始めていた。今日はとても幸福な日でしたと、お月様に感謝しながら車のハンドルを握った。

　それから二、三ヶ月すぎて聞いたお話の中に

「あのね、この前の猫、死んだのよ」

「どうして」

と聞くと、

「病気でね」

　笑いながら、

「うちの主人ね、お葬式をしてあげたのよ。それがね、猫に、お前も人間と同じように生きてきた。お前も別れがつらいだろうがおれも、お前と別れるのがつらい」

と言って、死んでいる猫に別れを告げ、きれいにふいてあげているご主人のことを誇らしげに聞かされた時、あの時の猫を大変かわいがってあった日のことを思い浮かべ、死んだ猫に対する愛着を感じずにはいられなかった。

　それが、お店が一時間ほどおくれてシャッターをあけられた理由のようであった。

春の月　契約済ませ　戻りけり

猫の恋　始まってをり　夜々つづく

ラストドライバーに贈る

梅雨晴れの旅行招待。一泊二日の旅、西鉄バスの二台が私たちを待っていた。つぎつぎとバスに乗りこむ人の荷物をバスのトランクに入れての乗車であった。私は、半田さんと同席することができ、出発までの時間を本を読みながら待った。

バスガイドさんが、乗ってきた。

「こんにちは。皆さん、人数揃いましたでしょうか」

とそれぞれの班長さんにきいている。明るい大きな声のガイドさんの合図により出発、一行嬉野温泉に向かう。少しずつ久留米をはなれ、

「運転手の細川、ガイドの光田です」

と紹介される。

「定年を迎え、お客様とご一緒の仕事も最後の二日間でございます。三十九年三ヶ月、無事故、無違反」と細川さんの挨拶であった。バスの中は一瞬拍手と歓声でしばらくやまな

かった。ご家族のささえ、周りの協力、それに尚かつ細川さんのたゆまない努力、仕事に対する責任感、全《まっと》うされる瞬間をみせて頂いていると思うと、すばらしいなあーという気持ちでいっぱいになった。

そんな心の緊張をしていると、嬉野和田屋別荘に着いたのは三時であった。夕方の行事まで時間があるということで、肥前夢街道へと足を運んだ。その坂を上って行く丘の上は、関所くぐれば江戸時代、という「かわら版」の催事案内をみながら、入場をした。吉田松陰の歩いた長崎街道をたどり歩いていると、有名な漢詩の一節が私の脳裏をかけめぐる「留魂録」である。一番興味をもったのは、芝居小屋の「肥前屋」幕末時代劇、坂本龍馬の「龍馬異聞」の時代が早く動き出す編で三十分ほど、冷房の中でのくつろぎはとても楽しく過ごすことができた。芝居が終わると四時、涼しい風が私の足を軽くさせた。その下り坂、忍者実演ショー、がまの油売りなどを少しみて宿へと向かった。

五時より、表彰式会場へと入る。拍手と会場の広さの中、二百六十名の熱気と活気を感じた。

「蝶がくるから花が咲き
花が咲くから蝶がくる」

参列した時の講話の一節が印象に残った。それより大宴会での楽しいひとときを過ごすことができ、二次会を経て、早めに床についた。

二日目は、九時出発、ハウステンボスについたのは十時であった。いつのまにか外国に来た気分になり、心まで、広びろとゆったりした気分になった。入場者は次々と列を作り、改札口を抜けると明るい庭の前で記念撮影、それより、K所長、Iさんと、私三人で列をくずしていた。この外国気分にただよいながら、町の方へと歩を向け、建物の作りに感嘆したものである。風景と水との調和を感じながら、一面、科学された文化をみることができた。

歩きつかれた三人は、喫茶ハウスに腰を下ろすことにした。酒の抜け切っていない私たちは、話をはずませ、ビールを存分にのんだ。私は酔わなかった。つまみは、私の使い足りで十分足りた。それでも、尚じっくりのみ、文化、芸術、音楽、つぎつぎとおもしろく話に花が咲いた。みんなは自分の事ばかり考えているだろう。この広い森を見学しているだろう。細川さんは楽しそうに、

「誰が花束をやれる?」

と言った。早速私は、そこの店員に花屋の場所を聞き、買いに走った。外はかんかん照り、

南町ということで、三十分かけて歩き、花屋にたどりついた。店長は、若い男性であった。注文をつけて、花束のできるのを腰をおろして待った。三十分はかかったと思う。

「はい、できましたよ」

と言われて、

「はっ」

とし、素敵にリボンのかけられた大きな花束ができていた。嬉しい気持ちで、今来た道を右へ左へと歩き、店の喫茶についた時は三時をすぎていた。そのままバスの待っているところに戻ることにした。

出口に来ると、みやげを買う人出を通り抜け、バスに戻った。誰もいないバスの中でどうして差しあげようかと言葉を探しながら、運転手の細川さんがバスに戻って来られるのを少し待った。発車十分前、

「私からです。大変おつかれ様でした」

と言葉を添え、

「おうちの方とゆっくりくつろいで下さい」

と言って花束をわたした。

「いや、こんな、立派なことをして頂いて、本当にありがとうございます。言葉がありません」

深々と頭を下げられてのお礼であった。私は嬉しかった。静かにバスの発車するのを待った。

それからガイドの光田さんより、少しのコメントがあった。

「西鉄バスに勤めていてよかった。又、最後の仕事に第百生命さんとご縁を頂いてよかった」

と話された。最後の花道を作ってあげることができて、よかった。

帰りは一時間余りのバスは、久留米へと向かって走りつづけた。バスの中でのカラオケを聞きつつ、細川さんのラストドライバーの貫禄を見ながら、この二日間の旅を無事に楽しく過ごさせて頂いたことに感謝をし家路へと心を走らせた。

蒲地《かまち》焼き

七月の採用イベントは、陶芸を一回実施する意見がまとまった。さっそく、日程に合わせて、清水山の蒲地《かまち》焼き見学と作品制作をすることになった。

当日、ねんどは、先生のところで用意してあり、私たち十人はただ形を作って並べておけば先生が窯に入れてくださる段取りであった。そのため、いろいろと工夫をこらして、あれやこれやと形にこだわることができた。

私は、いつもお花を活けるため、花びんに挑戦した。なかなかこったものは、形にしにくい。何度もくずしてはつくり直しをした。三回目でやっと自分の心に叶った物ができたように思う。

それから一ヶ月して焼き上がってきた花びんは品よく仕上がっていた。しかし形にこだわりすぎて、いざ水を入れると、どこからか水がもれて使えず、残念である。まあ置き物にするように決めた。今度、又、楽しい語らいの中で作品を作りたいと思った。

そして、この蒲地焼きの窯元には十五年前に何回か見学に来ていたが、後継者がかわっていたように思った。しかし、この風景とそこを流れる川は以前と変わらず美しくきれいでよかった。又なつかしくも思った。

後継者出来て窯場も秋に入る
コスモスの山路　明りの蒲地窯

冬の山麓を行く

昭和四十八年十二月

朝日の射す方はきえて、軒の高い家の影を踏みながら、霜冷えのする清水に着いたのは十時近くであった。

民芸蒲地焼きの窯場は休みであった。窓越しに素焼きの壷が、棚にずらりと並び、焼きあげられた品もガラス越しにすけて見えた。それはもう少し素朴さがほしい気もした。そこをしばらく登って行くと見はらし台に出た。以前は目の下に参勤交代の道というのをみたが、今では高速道路が走り、昔を偲ぶ影は見あたらなかった。美男蔓《びなんかずら》の垂れている坂道を、静かな史蹟神篭石のしるべにそって歩いた。瀬の音を耳にしながら、背中の冷えびえとする木洩れ日の紅葉を踏みながら、真言宗大覚寺派黒岩不動堂についた。そこにはひたすら祈る老女が一人住んでいた。

黒岩の滝は初めてで、見るのも珍しく、滝の方へ近づくと一流の日の丸をかかげ、上には灯明をあげた滝不動の参道があった。その横から大滝が落ち、小滝へと連なって流れていた。そこで一たん小休止して、メジロのいる林を抜けて行くと、冬陽をあびながら菖蒲株をていねいに植え付けしている四、五人を見た。菖蒲にかけた農夫の秘法をききながら、春になって畑一面花が咲きほこったらどんなに美しいだろうと想像し、きんぽうの句宿についた。もう一時を過ぎていた。挨拶もそこそこに、もてなしのだご汁と赤飯をご馳走になり、句会をはじめた。句会を終え別れを告げたのは夕方の五時であった。

もぎたてのトマト

盆過ぎの夕立の去った日のことである。車で五分走らせると隣部落の久子さんのお宅。矢部川の堤防の下にある。台風のあとの修理もかたづき、涼しそうな網戸が張ってあった。ブザーを鳴らすと、返事がない。何回もブザーを鳴らす。

「ハイー、ハイー」

と言って、廊下の向こうから、

「こんばんは。あなたやったね」

と言いながら話しかけてくる。

「そこまで来たからね」

と言って外で笑いながら話をする。いろんな家庭のこと、仕事の話をきいているうちに薮蚊が刺すのを何回か覚えた。畑は広く、玄関先の庭木の手入れがゆき届き、外灯の灯りが、私たち二人を照らしていた。そんな立ち話も長くなり、矢部川の風が私たちの話を助けてくれているかのようにそよぎ、ワーアハハーと言って、笑いが止まらない明るさがある。

庭先に三十分近くも立っていると、もうそろそろ帰りの話になる。

「トマト食べるね。水いも、食べるね」

と言いながら、今日取ってきた、水いもを新聞紙にくるくると巻いてくれる。そして、

「ちょっとちょっとちょっと」

と言って畑の中のトマトを一つ一つていねいにもぎとってくれた。

久子さんはこっけいでおもしろく、根はとてもやさしい方である。いい方と出会えてよかったと感謝をした。

もぎたてのトマトみやげに立話
立話　藪蚊にさされ　戻りけり

着付

大和町へ行く、「貴船」の横を通り、野田の信号を右に折れて突き当たりの家がフミ子さん宅である。二階建ての間取りがよくて、二人暮らしにすてきな建物。

私が集金に行くと、きらわれていたものだが、昨年の五月、ご主人が屋根から落ちて約六ヶ月ほど入院生活。昔、内緒で加入していた保険に一万円の入院給付がついてたことを聞かされほっとした。それもあと二年もすれば満期がくる。一度も入院したこともないご主人にとって不慮の災難、保険のおかげでゆっくり養生することができてよかったと話された。

ご主人は、私に
「第百生命さんのおかげですよ」

とお礼を言われた。そんな時、

「奥様のおかげですよ」

と言う。

家にはカラオケがあり、週一回の着付けの指導にも出かけてあり忙しい方でもある。ひまを作ってもらい、着付けをお願いをすることもしばしばである。本当にありがたいことである。

舞台急く　汗をころしてゐる着付
おしろいの咲く玄関の花明り

総婦長

柳川から三橋を通りぬけ、一本道を走ると二十分足らずで四階建ての市立病院へ着く。駐車場を選び車を止める。玄関を入ると消毒の匂いが私の鼻をつく。スリッパにはきかえた。廊下といっても広い。病人とすれちがう時もある。こんなにも病人が多いのかと思うと、ぞっとする。私は元気でいたいと願う。そして、この人たちの保障のことをすぐに思い浮かべる。今からではおそい。やっぱり、健康な時に、保険は加入するもの、

「今のうち、しっかり、仕事をしなくちゃあかん」

と自分に言いきかせる。

婦長さんの部屋を探す。廊下の曲がりかどがいくつもある中に、「無断立入禁止」と標示されている廊下の奥の部屋である。マイクで呼び出して頂いて少し待つ時間があった。どんな人だろうと心を正して椅子にかけ待った。

「田中です」

名前の札には総婦長と書いてある。

「初めまして、菊次です」

「いや、今日ね、とても忙しいので」

と言われ、

「いつ伺ったらよろしいでしょうか」

と尋ねると、

「あしたの今の時間だったらいいよ」

と返事を頂き、時計の針をみて確認をした。

「では又、明日伺いますのでよろしくお願いします」

といって、その事務所をあとにした。翌日、約束の時間には必ずおくれないようにと思って、ケーキを一つさげて行くことにした。

翌日も又、忙しそうな気がした。でも忙しいのが仕事、当たり前、昨日と同じ時間に待った。又、マイクで呼び出して頂き、しばらく待った。そして、もう帰ろうかなあと思っていた矢先に
「お待たせしました」

と言って総婦長室に面接が許された。

「今度、満期がきます、その後契約をお願いに来たのですが」

と言うと
「いや、もうしないよ、掛けないよ」

と何度も言われたが、

「いや、婦長さんのお力をお貸し下さい。うちの上司もそう申しておりますので」

「あ、そう！」

と言って机の上に腰をかけられた。さっと、申し込み書にペンを添えて、書いて頂いた。書かれているうちに簡単に説明をした。その時、新品の一万円札をあずかり、領収書をきった。そして、しばらくすると、婦長さんは、食事を始められ、何分かのうちに貯蓄の説明と契約を済ませた。又、新人同行であったため尚さら勉強になった。よく考えてみると、本当は、初対面である。いや、あなた赤の似合う人ね、と言われ、自分が赤を着ていると は思っていなかっただけに、よかったと思った。

「私はね、赤を着たことないのよ」

「そうですか、私もめったに着ませんが」

そんな会話をして一週間がたった。そして、そのお礼に、赤のはいったスカーフをプレゼントさせて頂いた。

そこの病院に行くと必ず訪問を忘れず、留守の時も、何かと置いてくるようにしている。

本当にこの婦長さんと会えてよかったと思った。

涼しさの白衣にかしくをりにけり

冷房をきかせ婦長の昼餉どき

犬の声

沖の端の魚市場は運動場を四つ集めたくらいの広さがある。朝は魚のセリ場として活気がある。しかし夕方になると静かで、犬の散歩には絶好の場所でもある。捨てられた猫や犬もうろうろしている。そんな魚市場に近い征子さんの家は、五年程前に新築をしてある。

家には五匹の大きな犬の声がする。なんと、庭をつぶして、どこへも行けないように、棚ががっしりとたてられている。その棚の中から、私の足音がすると、五匹とも
「ワンワンワンワンワン」

とほえたてる。

「ごめん下さい」

「どうぞ」

「おじゃまします」

と言って居間に腰を下ろす。

「今日は又、犬がよくほえるのね」

と話をしていると、いつのまにか止んでいる。

「今ね、発情期なのよ」

「そうね、この近所も犬がうろうろしているし、人の声がすると又、ほえるんよ」

普段は誰もいない犬だけの留守番である。

「でも、あの犬はね、私がパートや買い物から帰ってくると、遠くまで迎えにくるのよ」

と、にこにこしながら話す。

「そうよー。やっぱりかい主の足音、娘の足音、主人の足音といった具合にみわけもついているのよ」

と楽しそうに、自慢話になる。

「だったら犬のごはんはどんなふうにしている」

笑いながら、

「そうね、犬は肉を食べて、人間様はめざしを食べている」

と笑い、それはおもしろい話になる。又、

「人間の米代よりも、犬の米代の方が高くつくし、病気でもすれば、これ又保険はないし、いくらと言えばいくらでしょう。今は動物のお医者さんもけっこう繁昌しているのではないかと思う」

「そうね、そのうち、動物の保険もできるかもしれないねェ」

と話をはずませた。

「それにね、この犬、この前、子供産んだのよ。四匹生まれて一匹は友人が引きとってくれたし。あとの三匹は、スーパーの売場に連れて行って『この犬あげます』と言って、一週間も置いてきたわ、家においておけば情がわくし、一週間誰も引きとり手がなかったときは保健所につれていかれるのが一番つらい」

と話をきかされ、私も胸をいためた。

「それがねェ、すぐに一匹、一匹持って行ってもらったから安心したけれど、犬でも、器量のいい犬から引きとって行かれたよ」

なるほど、犬の顔は皆同じように見えるけれど、じっとみているとそれぞれの特徴があることを知った。

「避妊すれば一匹何万もかかるでしょう。まして何匹もいるし」

ためらいの声もきかされ大変な様子がうかがえた。

「でもね、この前娘の身代わりに一匹の犬が交通事故で死んだから、犬のお墓も作っているよ。供養もしている。盆と正月と彼岸が近づくと又、お参りに行く」

そこのお墓に行けば、くだもの、お菓子、ジュースなどたくさんの供養をされている犬がいることを知らされた。そんな犬は幸福な方で、人間同様である。正にいいことであると思った。

そして征子さんは私より四才年上である。何かにつけて話の中でよく学ぶことがたくさんあり、趣味は読書、つい話に夢中になる。話が終わったくらいにコーヒーを頂いた。しばらくして次の用へとお宅をあとにした。

犬ほゆる残暑にひびき　ありにけり
犬小屋の庭つづきなる　秋に入る

文学碑

梅雨の雨にうたれた庭先のあじさいの花の鮮やかさに目をうばわれている夕ぐれ時、玄関のベルが鳴る。はっと出てみると、私が俳句で新人の時いろいろとご指導して頂いていた先生の娘さんにあたられる、綾子さんの訪れであった。

「父の句碑を立てました。その除幕式に句を朗詠してほしい」

との相談であった。私の手帳には、一つの予定があったが、先生にはお世話になっていたため、

「私で、よかったら」

と言って返事をさせて頂いた。

句碑開きの朗詠も、今度で四度目である。最初ほどの緊張はないが、喜びもある。そんな体験をふまえながら、勉強させて頂くつもりでその句を覚えた。

「漕ぎいでて　月に近づく　舟一つ」

当日七月十四日、綾子さんの家につくと、なかなか立派なおうちである。柳川の水の一角を楽しむこともできる。すてきな庭の向こうには、森が一つその句碑を豊かにしてくれている眺めである。

十一時より除幕式の時間が近づいてくると、私の知っている人も大勢集まってきた。庭には水を打ち、句には白い幕が一つかけられてあった。式典が始まる準備がなされていた。句碑の前には、お酒、くだもの、野菜といったお供えものがきちんと並べられていた。神職さんが儀式を始める前に十分気をつかってあるようであった。そして二人の娘さんも、神事に参列してあった。しばらくしていると庭いっぱいになった頃は十一時を指していた。

神事が始まる。娘さんによる幕引き、天津祝詞《あまつのりと》がしばらくあがり、玉串奉奠《たまぐしほうてん》があった。そのあと句の朗詠は、尺八伴奏のテープを流し、句碑の方を向いて朗詠をさせて頂いた。緊張していた心がすぐになおった。

そのあと句碑にはお酒がたっぷりかけられ、川風を少しうけながらのお酒はすぐに乾いたようである。

除幕式も無事終わり、お礼の言葉があった。

雁来紅《がんらいこう》の句碑の文についての個人的な解釈でありますということで、明治の文豪に夏目漱石の心境に近いのではないかと思います。漱石は、小説家として、一番有名であり、俳人であり、明治三十八年「吾輩は猫である」を発表、作家としての地位を確立、漱石は晩年「則天去私《そくてんきょし》」の境地を目指した。そして、人生観としても名高いものがあります。「則天去私」とは「天意につき従って、私心を捨て去る」の意があります。

漱石は俳句について、正岡子規の教えを受けている。子規は写生を重んじる俳句の祖となり、三十五才の若さで亡くなった。

子規の後をついだのが高浜虚子であり、早くから子規を助けて、俳句の革新に努め、俳誌「ホトトギス」を主宰し、俳壇の中心となった人である。作風は客観写生の花鳥諷詠を主張した。

又、私たちの生活の中にも無我を求めるのではなく、できるだけ、我を言わないように注意して頂いたように思えた。そして真剣にきいた。

雁来紅の句には、「則天去私」の境地が感じられる。的外れであるかもしれないと思いますがという、長い挨拶は終わった。

立ちつくしていたそれぞれの人は、玄関にまわり、座敷にあがり直していた。そこには小宴がもうけられてあった。私の知っている人が何人もいらっしゃった。楽しくビールを頂くことができた。座敷より句碑の金文字がいきいきと新しい光を浴びてみえた。川風の流れに乗って風鈴がゆれていた。その風鈴の音色が座敷いっぱいにひろがった。

私も何十年かしたら、この柳川の水の一角に、文学碑が立てられるように、これからも大きな夢に向かって努力精進して行きたいと思っている。

柳川の涼しき庭の文学碑
水打って　除幕式の始まりし

私の思い出のホトトギス入選句

昭和五十年一月より

〈高浜年尾先生選〉

円陣の書尚暗き秋の雨
啼き移る小藪の中の笹子かな
船舞台華やいで来し人出かな
網戸して蚊遣も焚いて蜑《あま》部落
寺古き小暗きことの涼しくて
鳴きつのる蟲に闇濃くなって来し
闇汁に佛壇の灯も　消しにけり
榾《ほだ》焚いて梅雨の爐端に迎えられ

〈稲畑汀子先生選〉

点滴によりて春を惜しみけり

初盆に届く宅急便の品

誰かれと春立つ歩みしてをりし

嫁菜摘む楽しき生活ありにけり

少しだけ涼しき風を入れたき日

蚊遣焚くいっこうに蚊の出てゆかず

入園の手続き済ませ柳の芽

柳川雛流し俳句大会特選句

昭和五十一年三月二十八日

〈稲畑汀子先生選〉

どうしても流れぬ雛のありにけり

ごきげんよう

「柳川の水路明りの酔芙蓉」

この本を書くにあたって、私を励まし、奔走してくださったたくさんの方々、本当にありがとうございました。

また、再びこの贅沢なイベントを開くために、私は、これからも好きな筆を止めることなく、たくさんの人の真心を書き留めていきたいと思っています。

また、どこかでお会いしましょう。ごきげんよう。

あとがき

この度、「あなたに会えて良かった」の本書を読んで頂き誠に有難うございました。

実は、旅に出かければ紀行文などを書いて、新聞に掲載されることが五十数年前から好きであった。思い出します。又、当時私を導いてくださったのが、元《もと》小学校の校長先生、今は亡き森田水京子《すいきょうし》先生、ホトトギス俳句同人、渋田《しぶた》卜庵《ぼくどわん》先生といった同人の先生方の会であった。一面、近くのお寺の本堂で、漢詩自作を即々朗詠したのが一番のきっかけ。「今度の土曜日夜七時にお茶のみにこんね」とさそわれた。私は「はい、分かりました」と返事を。当日仕事を終え、先生宅訪問、玄関のピンポンを押す。廊下を行くと話し声がしてくる。廊下に腰をしずめて襖を少しずつ開けると「こんばんは」「いらっしゃい」と迎えられた。明るい声が飛んできた。あらー、近所に住む女性の俳句会があっていた。先生の横にすわると「はい、今から短冊を頂き、十句作って出しなさい」。六月の梅雨入り前の農繁期の最中だったと思う。たぶん写生俳句、まあ見たまま感じたことを書けばいいかな、俳句は「さずかりもの」とも言われる。自分の判断で十句つくり投句、先生から七句選んで頂いたのが最初の始まり。

それから毎週一回俳句会に出かけ楽しかった二十才のころの日々。調子よく選者の先生の選にはいればおもしろく気合いが出る。母にはたまに報告。母は「年寄りの人とつきあってばかり」と言われ、「勉強になって楽しかよ」。俳句会の案内が来る。俳句大会にも参加していた。

昔むかしの思い出、子規堂の門をくぐりし冬の旅、短文を書きながら人との出会い、感動した物語、エッセイにまとめ書き溜めていた。このようにかけがえのない時間、又と逢えない人、心の深さに生かされている人への感謝の思い出、私の成長を応援していただき、学びを一冊の本にさせて頂いた。この三十有余年の月日が流れ、文芸社様の熱い心と「もったいない」と聞かされ四十才に戻った若い日を思い出した人生。

文芸社様の先生のおかげで労を惜しまず、精力的にご指導ご協力頂きましたことに感謝を表したいと思います。無事に発刊にこぎつけてこれたことに厚くお礼申し上げます。

又、新たに読んで頂く方々、ありがとうございます。

このエッセイストに少しでも道徳、倫理、又社会浄化に寄与できれば幸いに思います。

そして信仰とは　真《まこと》の知恵《ちえ》なり証覚《さとり》なり
さとりなくして　感謝うまれず

著者プロフィール

柳 泉舟（やなぎ せんしゅう）

1946年、福岡県柳川市に生まれる
吟詠家
公益社団法人日本詩吟学院認可　岳翠会師範
30年以上にわたり地域の青少年育成の一環として吟詠家を育てている。
小学生の頃より小説家になりたいとの夢を持ち、吟詠は20歳から、俳句は21歳から始める。

［著書］
『見舞い』（小説、文芸社より2000年に出版）

あなたに会えてよかった

2024年５月15日　初版第１刷発行

著　者　柳 泉舟
発行者　瓜谷 綱延
発行所　株式会社文芸社
〒160-0022 東京都新宿区新宿1－10－1
電話 03-5369-3060（代表）
03-5369-2299（販売）

印刷所　株式会社晃陽社

ISBN978-4-286-25182-0